SEGNALI DI PERICOLO

ATTRAVERSAMENTO BAMBINI

©2013, by Pamela Tinti

ATTRAVERSAMENTO PEDONALE

DOSSO

ATTRAVERSAMENTO CICLABILE

© 2013, by Pamela Tinti

PASSAGGIO A LIVELLO

CURVA

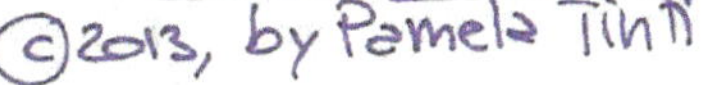

©2013, by Pamela Tinti

7

STRETTOIA

© 2013, by Pamela Tinti

STRADA DEFORMATA

©2013, by Pamela Tinti

SEGNALI DI OBBLIGO

PERCORSO PEDONALE

© 2013, by Pamela Tinti

11

DIREZIONI CONSENTITE

DIREZIONE OBBLIGATORIA A DESTRA

© 2013, by Pamela Tinti

13

DIREZIONE OBBLIGATORIA A SINISTRA

© 2013, by Pamela Tinti

14

ROTATORIA

© 2013, by Pamela Tinti

ALT-POLIZIA

©2013, by Pamela Tinti

16

CONFINE DI STATO

SEGNALI DI DIVIETO

SENSO VIETATO

©2013, by Pamela Tinti

DIVIETO DI FERMATA

© 2013, by Pamela Tinti

DIVIETO DI SOSTA

© 2013, by Pamela Tinti

21

TRANSITO VIETATO ALLE BICICLETTE

© 2013, by Pamela Tinti

22

DIVIETO DI SORPASSO

© 2013, by Pamela Tinti

23

LIMITE DEI 50 KM/H

©2013, by Pamela Tinti

24

TRANSITO VIETATO AI PEDONI

© 2013, by Pamela Tinti

25

DIVIETO DI SEGNALAZIONE ACUSTICA

© 2013, by Pamela Tinti

SEGNALI DI PRECEDENZA

DARE LA PRECEDENZA

©2013, by Pamela Tinti

STOP

DADOLL

STOP
DADOLL
©2013, by Pamela Tinti

INTERSEZIONE CON PRECEDENZA A DESTRA

© 2013, by Pamela Tinti

30

INCROCIO PERICOLOSO CON DIRITTO DI PRECEDENZA

31

PRECEDENZA CON SENSO UNICO ALTERNATO

DIRITTO DI PRECEDENZA

©2013, by Pamela Tinti

33

FINE DEL DIRITTO DI PRECEDENZA

©2013, by Pamela Tinti

34

SEGNALI DI INDICAZIONE

STRADA SENZA USCITA

© 2013, by Pamela Tirati

SCUOLA

PARCHEGGIO

©2013, by Pamela Tinti

38

ATTRAVERSAMENTO PEDONALE

FARMACIA

OSPEDALE

PASSO CARRABILE

©2013, by Pamela Tinti

42

ATTRAVERSAMENTO CICLABILE

©2013, by Pamela Tinti

43

GALLERIA

© 2013, by Pamela Tinti

44

PIAZZOLA DI EMERGENZA

AUTOSTRADA

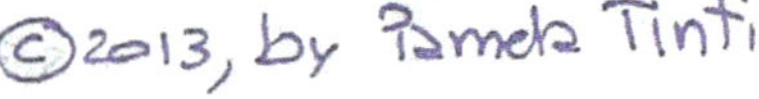

Scopri i numeri precedenti della collana dei libri di Dadoll e non perdere i nuovi in arrivo!

Scopri i numeri precedenti della collana dei libri di Dadoll e non perdere i nuovi in arrivo!

INDICE

I SEGNALI STRADALI DI DADOLL®

"SE A DESTRA DEVI ANDARE
LA FRECCIA DEL CARTELLO TONDO
DEVI OSSERVARE

SE IL TRIANGOLO TU VEDI
ATTENZIONE, FERMATI, GUARDA
E POI PROCEDI

SE IL CARTELLO E QUADRATO
UN INDICAZIONE TI HA SEGNALATO
E UN PARCHEGGIO FORSE HAI TROVATO"

Pamela

Disegni: Tinti Pamela
Grafica: Nini Michela

ISBN | 978-88-93061-23-0